AF318416

57. 67.

Yf 1252

LA FAUSSE AVENTURIERE,

OPERA-COMIQUE,

EN DEUX ACTES,

Mêlé d'Ariettes.

Par Mrs. ANSEAUME & DE MARCOUVILLE.

Repréfenté pour la première fois fur le Théâtre de la Foire Saint Germain , le Mardi 22 Mars 1757.

Le prix eft de 24 fols, avec la Mufique.

A PARIS,

Chez DUCHESNE, Libraire, rue Saint Jacques, au-deffous de la Fontaine Saint Benoît, au Temple du Goût.

M. DCC. LVII.

Avec Approbation & Privilége du Roi.

ACTEURS.

AGATHE, *mariée secrettement
à Valere.*   Mlle. Baptiste.

CHRISANTE, *Vieillard.*   M. de la Ruette.

VALERE, *fils de Chrisante.*   M. Roziere.

JULIEN, *Jardinier.*   M. Bouret.

La Scene est à la Maison de Campagne de Chrisante.

LA FAUSSE AVENTURIERE,

OPERA-COMIQUE EN DEUX ACTES.

ACTE PREMIER.
SCENE PREMIERE.

CHRISANTE, VALERE.

CHRISANTE *en colere.*

AIR : *Sans fin, sans cesse.* Noté N°. 1.

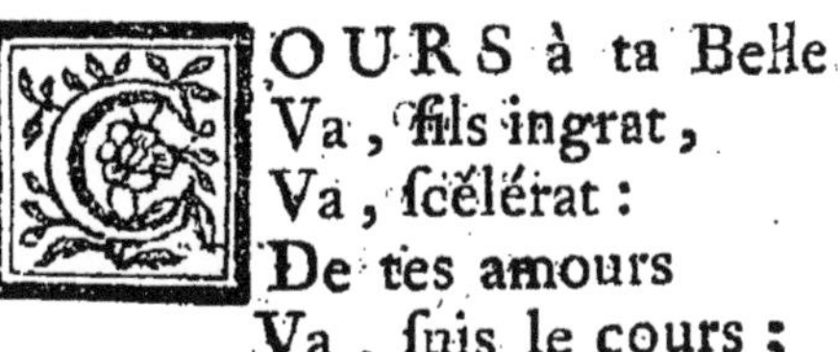

OURS à ta Belle,
Va, fils ingrat,
Va, scélérat :
De tes amours
Va, suis le cours ;

A ij

Mais de mon bien
N'attends plus rien.

Ironiquement.

Mais le mal n'eſt pas grand,
Près d'un objet charmant,
Un cœur fidele
Eſt trop content.
Comment, comment, dans ta cervelle,
As-tu penſé,
Fils inſenſé ?
A quoi,
Dis-moi,
Dans ta cervelle
As-tu penſé,
Fils inſenſé ?
Prendre ſans bien
Fille de rien !

Ironiquement.

Mais le mal n'eſt pas grand,
Près d'un objet charmant,
Un cœur fidele
Eſt trop content.
Quand la miſere
Le tiendra,
Qu'il entendra
Pleurer l'enfant avec la mere,
A mes genoux mon fils rampant,
En ſuppliant,
En ſoupirant,
Viendra, diſant :
Ecoutez-moi,
Pardonnez-moi.
Moi ? Non, non ; arrange-toi.
Cours à ta Belle, &c.

VALERE.

Air : *Conftantin buvoit toujours.*

Hé ! quoi ! n'avez-vous jamais
De la beauté connu les attraits ?
Hé ! quoi ! n'avez-vous jamais
D'amour fenti les traits ?

CHRISANTE.

Ah ! l'Amour doit envain faire entendre fa voix,
Quand la raifon nous dicte un choix.

VALERE,

Hé ! quoi ! n'avez-vous jamais, &c.

Air : *Le vieux Docteur Blaife.*

Eft-ce donc un crime
De fuivre un penchant légitime,
Surtout quand l'objet,
Mérite en effet
Le pas que l'on fait ?
L'Epoufe que j'aime
Vous auroit enchanté vous-même :
A tant de beauté,
Votre cœur flatté,
N'eût jamais réfifté.

CHRISANTE.

Air : *Oui, vous en feriez la folie.*

Moi ! J'aurois fait cette folie !

VALERE.

Oui, vous auriez vous-même adoré fes attraits :
Oui, par eux votre ame attendrie
M'eût envié
Les doux nœuds dont je fuis lié.

CHRISANTE.

Non, non, je me connois,
Je fçais braver ces dangereux objets ;
Mais fi jamais

A iij

J'en euffe fait la folie,
On auroit ri de moi,
Comme je ris de toi.

Il veut fortir.

VALERE *le pourfuivant.*

'Air : De L'*Andante* de l'ouverture du Diable à Quatre.

Je fléchirai votre cœur,
Ou je mourrai de douleur.
Hé ! quoi ! mon pere
Veut faire
Mon malheur !
Encor un mot.

CHRISANTE.
Tais-toi , fot.

VALERE..
Un feul mot.

CHRISANTE.
Hé ! bien , ce mot
Eft-ce fa dot ?

VALERE.
Vous ne fongez donc qu'au bien ?
Regardez-vous comme rien ,
Grace , jeuneffe ,
Nobleffe ,
Sageffe ,
Que vous faut-il de plus ?

CHRISANTE.
Des écus.   (bis.)

Il fort.

SCENE II.

VALERE *seul.*

'Air : *Non , non , non , Clarice.*

JUSTE Ciel !
Le cruel
M'évite :
Mon défefpoir
N'a pû l'émouvoir.
Jufte Ciel !
Le cruel
Me quitte
Sans s'émouvoir !
C'eft à lui que je dois le jour :
Je dois mon bonheur à l'Amour ;
Mon pere envain veut me forcer
D'y renoncer.
Non , non , cette loi
Eft pour moi
Trop dure ,
Tant de rigueur
Irrite mon cœur :
Couronnez une ardeur
Si pure ,
A ce feul prix
Je ferai foumis ;
Mais s'il faut devenir parjure ,
Je ne le puis.

SCENE III.

VALERE, JULIEN.

JULIEN.

HE! bian, Monſieur, m'eſt avis que
not'vieux maître ſort d'avec vous; car
je vians de l'voir paſſer par le jardin. Voir'-
ment, j'l'avons échappé belle!

       A i r : *Babet, que t'es gentille!*
J'étions dans cet inſtant
Avec cette poulette,
Que vous cheriſſez tant,
Si belle & ſi bian faite ;
    Je nous promenions,
    Et je deviſions
Sur le fait d'amourette ,
Quand un bruit j'avons entendu ;
Et j'ons le vieillard apparçu ;
Mais auſſitôt all'a couru
Tout droit à ſa cachette,
Au fond de ſa chambrette.

Oh dame! j'l'avons renfermée là avec
not'femme, comme je f'ſons depuis deux
jours qu'vous êtes ici. Stapendant vot'pere
parloit tout ſeul , & j'ons opignion qu'il
étoit de mauvaiſe himeur. Que vous en
emble?

VALERE.

Cela n'eſt que trop vrai , mon pauvre Julien , mon pere eſt inéxorable ; & je ſuis au déſeſpoir.

JULIEN.

Faut pas d'ça , ça ne vaut rian.

A i r : *Beviam', o Dori.*

Dans un tems contraire
Faut toujours avoir du cœur :
Qui ſe déſeſpere
N'a point de vigueur.
Drès qu'la chance veut ſe retorner ,
Par ſon ſçavoir faire ,
Au lieu de s'en étonner ,
Faut la ramener.

VALERE.

Que veux-tu que je faſſe ? mon pere ne veut rien entendre.

A i r : *Si ride amore.*

Dans cet entretien ,
J'ai cru pour ma flâme
Attendrir ſon ame ;
Eſpoir trop vain !
Son cœur infléxible ,
Dur , inſenſible ,   (*bis.*)
N'accorde rien.

Je n'ai plus de reſſource ; j'ai tout épuiſé.

JULIEN.

Bon ! vous v'là vous autres : un rian vous renverſe , ça s'paſſera. Eh ! où eſt donc le mal ? On voit un minois genti ; on eſt jeune , ça nous tente ; on voudroit bian l'avoir ;

pour ça faut épouser. Le pere eſt loin ; on eſt preſſé ; on s'en paſſe : il viant à le ſçavoir ; il tempête ; on le laiſſe crier.

VALERE.

Oui, ſi j'en étois quitte pour des reproches ; mais je ſuis deshérité.

JULIEN.

Ah ! v'là l'pis ; car pour c'qu'eſt d'ça, ç't'héritage-là étoit bel & bon : mais patience ; vot'pere n'eſt pas encore défunt ; & m'eſt avis qu'on pourroit le faire changer de ſon vivant ; car entre nous ,

A I R : *des Trembleurs.*

C'eſt une bonne parſonne ;
Mais par fois il déraiſonne ,
Et fort aiſément il donne
Dans le plus groſſier panniau :
Quoique têtu comme mule ,
Sot, avare, & ridicule,
Il eſt facile & crédule.
J'attraperons cet oiſiau.

T'nez, laiſſez-nous faire ; gn'a qu'ſon avarice qu'eſt la pus tenace de toutes.

VALERE.

Et voilà la ſource de mes malheurs. Je ſçais que le bien ſeul le touche ; & ma chere Agathe, quoique d'une famille honnête....

JULIEN.

All'eſt charmante. All'vaut tous les biens du monde,

VALERE *tristement.*

AIR: *Nous sommes Précepteurs.*

Amour, les plus cruels tourmens
Sont les nœuds qui forment ta chaîne :
Le plus tendre des sentimens
Devroit-il causer tant de peine ?

JULIEN.

Allons, Monsieur, relevez-vous : faites
une seconde attaque à vot'pere ; vous vous
laissez battre drès le premier choc.

AIR: *Il faut l'envoyer à l'école.*

Soyez farme, ayez du soutien,
Faut-il donc manquer, à votre âge,
      De courage ?
Sans risquer, on n'attrape rien.

VALERE.

Tant de cruauté me défole,
Je crains trop un nouvel affaut.

JULIEN *à part.*

      Le nigaud !
Il faut l'envoyer à l'école.

AIR: *On voit dès le deuxième.*

D'une moitié charmante
Allez prendre leçon :
Alle est fine, agissante,
Alerte, entreprenante.
Par son esprit agile,
Son air & sa façon,
Alle rendra docile
Un vieillard imbécille.
Souvent par la souplesse
A son gré tout d'abord
On peut faire changer le sort ;
Tout dépend de l'adresse.

Mais t'nez, la v'là qui viant à nous. Vous
allez voir comme all'va le r'virer. Pour moi
j'en raffolle. C'eſt bian la plus ruſée com-
mere. . . . .

VALERE.
A quoi s'expoſe-t-elle de paroître ainſi ?
JULIEN.
Allez, allez, all'ſçait bian c'qu'all'fait.

SCENE IV.

AGATHE, VALERE, JULIEN.

AGATHE.
Air: *Già rie de prima vera.*

He ! bien, cher époux,
Qu'obtiendrons - nous ?
Quel ſuccès a notre flâme ?
Vous vous taiſez,
Vous ſoupirez,
Vous déſeſperez
Mon ame.
Hé ! quoi !
Parlez-moi
De bonne foi.
Mais vous gémiſſez ;
Vos yeux baiſſés
Loin de moi ſont fixés.
Quelle douleur !

Ah ! quel malheur
Afflige votre cœur !
VALERE.
Trifte retour
Pour notre amour !
Funefte jour !
Ce lien
Qui fait mon bien,
Eft fans foutien.
Mon pere, à mes yeux ,
Aigri, furieux,
Détefte nos nœuds ;
Et dans fon courroux
Frappe les derniers coups.
Trop haï,
Je fuis puni ;
Et de chez lui
Banni.
De fon bras,
Que n'ai-je, hélas !
Eu plutôt le trépas !
Dans mon défefpoir,   (bis.)
J'aurois mieux aimé cent fois le recevoir.
AGATHE.
Que m'annoncez-vous ? Le cruel !

AIR : *De tous les Capucins du monde.*

Ah ! la Nature dans fon ame
Devroit faire approuver la flâme
Dont nous avons fenti les coups :
Fortune, quel eft ton caprice !
L'intérêt caufe fon courroux,
Notre crime eft fon avarice.

JULIEN.

Ah! que c'est bian dit ! vous l'avez de-
viné : c'est ly tout craché.

AGATHE.

Air : *Menuet nouveau.*

Dans un cœur paternel,
Toujours la tendreſſe
Pardonne à la foibleſſe
D'un enfant criminel.

JULIEN.

Ces vieux ont l'ame dure,
Ils s'attendriſſent peu ;
Et chez eux la Nature
N'a pas beau jeu.

AGATHE.

Allons, mon cher Valere ; il faut nous
conſoler ; vous m'aimez, je vous aime ;
nous ne ſommes pas tant à plaindre.

VALERE.

Air : *Dieux, qu'elle eſt belle !*

Je vous adore,
Et mon malheur
Augmente encore
Ma tendre ardeur.

JULIEN *l'interrompant.*

V'là qu'eſt bel & bon ; mais il faut char-
cher du remede ; c'eſt le plus preſſé.

AGATHE.

Julien a raiſon ; il faut faire un nouvel
effort.

JULIEN.

V'là parler ça. Allons, Madame, une

bonne réfolution, queuque pièce bian ru-
fée. La.... Faites danfer le bon-homme.

AGATHE.

Oui, j'y fuis déterminée.

A i r : *Se tu m'ami.*

Je lui veux en ce jour
Jouer quelque tour,
Pour le fuccès de notre amour.
(*à Valere.*) En faveur de l'objet
De ce malin trait
Vous approuverez le projet.
D'employer tout laiflez-moi la maîtreffe,
Tout eft permis pour fervir fa tendreffe.
Si fans ceffe
La vieilleffe
A nous trahir ne veut que s'occuper ;
L'avantage
Du bel âge
Eft de pouvoir aifément la duper.

JULIEN *avec tranfport.*

A i r : *Mets ta main là.*

V'là d'l'efprit ça. Morgué qu'all'eft fubtile !
Ça va tout feul, gn'a qu'à la mettre en train.
Jarni ! Pour attraper que n'fuis-je plus habile !
Dans ce mic-mac, pour vous prêter la main,
Je ferions de bon cœur la moitié du chemin.

VALERE.

Je crains bien que tous vos efforts ne
foient inutiles.

JULIEN.

Hé bian ! n'vous v'là-t-il pas avec vos
(*à part.*)
tremblemens ? Il a toujours peur. Par la

jarni d'un homme comm'çà ! A quoi c'eft-íl bon ?

Air : Ne puis-je fçavoir comme ?

Si vous êtes fi frêle,
Hé! qui vous foutiendra ?
Drès qu'Madame s'en mêle,
Tout à bian tournera.

(*à part.*)

Ah ! ah ! ah ! Qu'il eft novice,
Ça n'a ni force, ni farvice,
Un rien l'abattra.   (*bis.*)

AGATHE.

Efpérez tout de mon amour, mon cher Valere ; c'eft lui qui m'infpirera. Doutez-vous de mes fentimens ?

VALERE.

Non, chere Epoufe, je connois votre cœur.

D U O.

AGATHE.	VALERE.
Oui, je vous aime.	Bonheur extrême !
Ah! croyez que mon cœur	Pour vous mon cœur,
Reffent la plus vive ardeur.	Reffent la plus vive ardeur.
De ma tendreffe,	O douce yvreffe,
Soyez fur à jamais :	Dure à jamais :
Nos plaifirs feront parfaits.	Nos plaifirs feront parfaits.
Fortune inconftante,	A la rappeller
Envain on te vante ;	Si je m'empreffe encore,
Quand on s'aime bien,	C'eft pour en combler
Tout le refte n'eft rien.	L'Epoufe que j'adore.
Oui, je vous aime, &c.	Bonheur extrême ! &c.

JULIEN

JULIEN.

Les pauvres Enfans ! Comme ils s'ai-
ment ! J'en pleure de joie.

AGATHE.

Mais je crois qu'il eſt tems de me laiſſer
ſeule ; votre pere pourroit nous ſurpren-
dre, il ne faut pas qu'il me ſoupçonne de
vous connoître.

JULIEN.

C'eſt mon avis.

AGATHE.

Cependant.

AIR : *C'eſt un Enfant.*
Ne vous éloignez pas, Valere,
Je puis avoir beſoin de vous ;
Tantôt auprès de votre Pere.

VALERE.

Qui, moi ? Je crains trop ſon courroux.

AGATHE.

Quittez cette crainte.

VALERE.

Ah ! quelle contrainte !

AGATHE.

Laiſſez-moi faire ſeulement.

JULIEN *tirant Valere à lui.*

h, ſans doute. Bon !
Il fait l'enfant !
Il fait l'enfant !
Allons, Monſieur, v'nez prendre l'air
dans not'jardin ; cela vous diſſipera.

SCENE V.

AGATHE *seule.*

Air : *Infelice ogn'or'*.

DE la crainte
Je sens l'atteinte :
Le courage m'abandonne,
Je frissonne.
Au moment de l'entreprise,
La surprise
Glace mon cœur :
Ah ! je tremble de peur.
Amour, viens me secourir,
Sans toi puis-je réussir ?
Que ta flâme m'excite,
Dans la frayeur
Qui m'agite.
Ah ! mon cœur
Tremble de peur.

Air : *Vous qui du vulgaire.*
Mais il faut vaincre ma foiblesse,
Et je dois à tout m'exposer,
Souvent le succès en tendresse
Couronne qui peut tout oser :
Ce n'est qu'une ame trop commune
Qui céde à la timidité ;
Et l'on voit toujours la fortune
Seconder la témérité.

J'apperçois Chrisante ; laissons-lui le
tems d'évaporer sa bile.

SCENE VI.

CHRISANTE *seul.*

NE suis-je pas bien malheureux ? Il y
a quarante ans que je travaille pour
amasser du bien, je croyois que mon fils
marcheroit un jour sur mes traces ; point
du tout, il s'avise d'être amoureux,
de se marier.... Et avec qui ?.... Je fe-
rois bien casser ce mariage ; mais c'est encore de l'argent qu'il m'en coûteroit. Non,
non, il a fait la folie, il la boira tout du
long.

AIR : *On ne peut trop tôt*, des Troqueurs. Noté n°. 2.

> Sexe dangereux,
> Trompeur & volage,
> Voilà ton ouvrage ;
> Qui te rend hommage,
> Se rend malheureux.   (*bis.*)
> Sur tes pas sans cesse,
> L'espoir du plaisir
> Conduit la jeunesse
> Droit au repentir.
> On forme une chaîne
> Dont on sent la peine,
> Tout à loisir.   (*bis.*)
> Le penchant entraîne ;
> Et sans réfléchir

B ij

On forme une chaîne
Dont on sent la peine,
   Tout à loisir.   (*bis.*)
Malgré mes allarmes,
Hélas ! à tes charmes
Mon fils s'est rendu, (*bis.*)
Malgré mes allarmes
Mon fils s'est perdu,
   Il est perdu.   (*bis.*)

Sexe dangereux, &c.

SCENE VII.

AGATHE *en Dorimant*, CHRISANTE.

AGATHE.

(*à part.*)

VOYONS si sa colere lui permettra
de m'écouter.

CHRISANTE.

(*sans la voir.*)
A son âge, faire une telle sottise!

AGATHE *à part.*

Oh ! Nous verrons , si vous serez plus
sage.

CHRISANTE.

(*à part.*)
L'étourdi !

AGATHE.
(*à part.*)
Il ne finira pas, si je ne l'interromps,
(*haut.*) Monsieur....

CHRISANTE.
(*à part.*)
L'extravagant !

AGATHE.
Monsieur.....

CHRISANTE.
(*à part.*)
Le......

AGATHE.
Monsieur.....

CHRISANTE *brusquement.*
Hé bien ! que me voulez-vous ?

AGATHE.
(*à part.*)
Mon beau pere est un peu brutal.

CHRISANTE.
Dites-donc ce que vous voulez.

AGATHE.
AIR : *Des Folies d'Espagne.*
Souffrez hélas ! qu'une jeune étrangere
De vos bontés implore le secours.

CHRISANTE.
Voyons, en quoi vous suis-je nécessaire ?

AGATHE.
Monsieur......

CHRISANTE.
Madame, abrégeons les discours.

AGATHE.

(*à part.*)

Encore ! essayons si son ame seroit sensible à la pitié. (*haut.*) Voici mon histoire en deux mots.

> AIR : *De tous les Capucins du monde.*
> De la Sicile où je suis née,
> Le malheur de ma destinée
> A quatorze ans me fit sortir,
> Pour suivre dans un long voyage,
> Mon pere, que je vis périr,
> Bien-tôt après, par un naufrage.
> AIR : *Entre l'amour & la raison.*
> J'allois subir le même sort,
> Hélas ! je n'évitai la mort
> Que pour mieux détester la vie :
> Un Corsaire nous apperçut,
> Et dans son bord il nous reçut,
> Pour nous conduire en Barbarie.
> AIR : *Mon petit doigt me l'a dit.*
> Sur ce funeste rivage,
> Je tombai dans l'esclavage :
> Un Marchand, qui m'acheta,
> Trouvant en moi quelques charmes,
> Malgré mes cris & mes larmes,
> Courut me vendre au Bacha.

Vous sçavez ce que c'est qu'un Bacha?

CHRISANTE.

A peu près.

AGATHE.

Ce font des Turcs, cent fois plus Turcs que les autres.

CHRISANTE.

Oh ! vraiment ! des Bachas, c’eſt tout dire.

AGATHE.

Et qui n’ont nulle pitié d’une pauvre fille qui tombe entre leurs mains, ſurtout quand elle eſt pourvue de quelques agrémens.

CHRISANTE.

Oh, oh ! vous êtiez plus expoſée qu’une autre, car vos appas. . . . . .

AGATHE.

(à part.)

Bon ! ma figure commence à lui faire impreſſion. (haut.) Ah ! Monſieur , vous ne ſçauriez vous imaginer les tourmens que j’ai ſoufferts.

CHRISANTE.

Ah ! je m’en doute.

AGATHE.

Air : *Du Cap de Bonne-Eſperance.*

D’abord je fus amenée
Dans un Sérail ennuyeux ;
Et bien-tôt je fus ornée
Des habits les plus pompeux :
Puis le Bacha formidable ,
Vint d’un ton épouvantable ,
Dans cet odieux ſéjour,
Me déclarer ſon amour.

CHRISANTE.

Fort bien.

AGATHE.

Cet aveu me fit frémir , car vous con-
cevez bien.....

CHRISANTE.

Sans doute.

AGATHE.

Que l'amour de ces gens-là est une
rage , une fureur.... d'autant plus ter-
rible , qu'elle s'irrite par la résistance qu'on
lui oppose.

CHRISANTE.

Les traîtres !

AGATHE.

Malgré mes refus , il ne perdit point
courage. Les prieres , les présens , les me-
naces , les duretés mêmes , tout fut em-
ployé pour me séduire ; j'en étois excédée,
persécutée.

CHRISANTE.

La pauvre enfant !

AGATHE.

Ce n'est pas encore tout. Tandis que
j'étois occupée à défendre , avec tant de
peine , ma vertu contre les entreprises du
mari , la femme attentoit à mes jours.

CHRISANTE,

Sa femme !

AGATHE.

Hélas ! oui.

Air : *Je n'en puis plus, laisse-moi rire.*
Pour me punir d'être trop aimable,
Sa femme en fureur faisoit le diable.
  Que j'ai pleuré
  Mes tristes charmes !
  Toujours dans les larmes,
  Et le cœur navré !
Elle feint de pleurer.
  Ah, ah, ah ! le maudit Bacha !
Elle rit à part.
  Ah, ah, ah ! comme il croit cela !
  L'un par amour,
  L'autre par haine,
  Tous deux chaque jour
  Augmentoient ma peine,
    Que j'ai pleuré
  Mes tristes charmes !
  Toujours dans les larmes,
    Dans les allarmes,
    Et le cœur navré !
  Ah, ah, ah ! le maudit Bacha !
(*à part.*)
  Ah, ah, ah ! comme il croit cela !
  Air : *Paris est en grand deuil.*
    Le crédule Vieillard
    Est dupe de mon art.

CHRISANTE.
Pour sortir d'esclavage,
Comment avez-vous fait ?
AGATHE.
Ce fut encor l'effet
D'une jalouse rage.

Cette méchante femme croyant n'être tranquille que par ma mort, résolut enfin de m'ôter la vie.

CHRISANTE.

Comment !

AGATHE.

Par bonheur, le jeune Esclave qui fut chargé de cet ordre cruel, étoit amoureux de moi.

CHRISANTE.

Hé bien !

AGATHE.

Hé bien ! au lieu de faire ce qu'on lui avoit commandé, il trouva moyen de s'affurer d'un vaiffeau, où nous primes la fuite tous deux.

CHRISANTE.

Ah ! je refpire.

AGATHE.

Air : *Tout roule aujourd'hui dans le monde.*

En arrivant en Italie,
J'ai perdu mon Liberateur,
Il va trouver dans fa Patrie
De quoi réparer fon malheur ;
(En feignant de pleurer.)
Moi, qu'un cruel deftin accable,
Je vais finir mes triftes jours,
Si votre bonté fecourable
Ne daigne en prolonger le cours.

CHRISANTE.

Ne pleurez point. (*à part.*) Je fuis tout ému. (*haut.*) Je puis vous faire un fort plus heureux.

AGATHE *affectueufement.*

Ah! oui , vous le pouvez : vous ferez mon confolateur , mon Pere , (*à part.*) La vérité m'emporte malgré moi.

CHRISANTE.

Quel dommage ! jeune & belle comme vous êtes.

AGATHE.

(*à part.*)

Il s'attendrit, je commence à efpérer.

CHRISANTE.

Ecoutez : j'imagine un moyen.....(*en héfitant à chaque mot*), de finir vos mal-heurs.

AGATHE.

AIR : *Approchez, mon aimable fille.*
Comment ?

CHRISANTE.

Vous êtes vertueufe ;
Vous méritez bien d'être heureufe ;
Et ... je veux vous donner .... mon cœur.

AGATHE.

Son cœur!
Hé! Mais ... c'eft toujours quelque chofe.

CHRISANTE *vivement.*

Hé quoi ! Trouvez-vous donc que ce n'eft pas
    affez ?

AGATHE.

Hé ! hé !

CHRISANTE.

Répondez ?

AGATHE.

Moi !.... Je n'ose.

CHRISANTE.

(en héfitant.)

J'y joindrai le don de.... ma main.

AGATHE.

(à part.)

Sa main !

Oh ! non pas , & pour caufe.

CHRISANTE *déterminé.*

C'en eft fait dès ce jour l'himen nous unira.

AGATHE.

(à part.)

Arrêtez-donc...... Comme il y va !.

Ah ! Monfieur , c'eft plus que je ne mérite.

CHRISANTE.

Non , ma chere enfant : votre beauté , vos malheurs , tout me parle pour vous.

AGATHE.

Vous badinez peut-être , & c'eft une cruauté dans l'état où je fuis.

CHRISANTE.

Hé ! non , ma petite Reine , je te parle bien férieufement.

AGATHE.

Et moi , je vais vous répondre de même.

Air : *De Mr. Mondonville.*
'A l'amour qui vous infpire
Donnez un peu moins d'effor;
Vous vous laiffez trop féduire
Par un généreux tranfport.
Je n'afpire qu'à vous plaire,
C'eft mon efpoir le plus doux :
Je vous aime & vous révere :
Mais quoique vous puiffiez faire,
Le fort à mes vœux contraire
Ne m'a point faite pour vous.
A l'amour, &c.

CHRISANTE.

Vous m'aimez, petite friponne, & vous refufez de vous unir avec moi! Pourquoi donc cela ?

AGATHE.

Vous le voyez, je n'ai point de biens à vous offrir.

CHRISANTE.

Voilà qui eft fâcheux. Point de bien abfolument?

AGATHE.

Non vraiment, je n'ai rien; mais ce qui s'appelle rien.

CHRISANTE.

Et que font donc devenus ces préfens du Bacha ?

AGATHE.

Je fçavois bien pourquoi il me les offroit, & la pudeur me défendoit de les accepter.

CHRISANTE.

Il eft vrai.

AGATHE.

Ah ! s'il m'étoit resté quelque chose,
avec quel plaisir je l'aurois partagé avec
vous !

CHRISANTE *transporté*.

Hé bien.... je ferai pour vous ce que
vous vouliez faire pour moi.

AGATHE.

Quelle générosité ! (*à part.*) Ah! Amour,
Amour !

CHRISANTE.

Tu consens donc maintenant ?

AGATHE.

Non, vous dis-je, cela ne se peut pas.

CHRISANTE.

Aurois-tu de l'aversion pour moi ?

AGATHE.

De l'aversion! Connoissez mieux le cœur
d'Agathe ; il est rempli d'estime & de tendresse pour vous.

CHRISANTE.

Comment voulez-vous que je le croye,
si vous vous refusez à mes vœux ? Etes-vous
d'un rang si supérieur au mien, que vous ne
puissiez sans rougir ? ...

AGATHE.

Ah ! sur ce point-là tout l'avantage est de
votre côté.

CHRISANTE.

Ahi !

AGATHE *voulant sortir.*

Ne m'en demandez pas davantage , &
permettez....

CHRISANTE *allant après elle.*

AIR : *Ah ! tu veux que j'expire.*

Chere , trop chere Agathe ,
Tu me fuis , ingrate !

AGATHE.

Laiffez-moi ,
Je fais ce que je doi ;
Votre intérêt m'en fait la loi.

CHRISANTE.

Et pourquoi nous contraindre ,
Si ton cœur
Reffent du mien toute l'ardeur ?

AGATHE.

Vous n'êtes pas le plus à plaindre ,
J'ofe vous le dire fans feindre ;
J'aime trop , pour mon malheur.

CHRISANTE.

Chere , trop-chere Agathe , &c.

Agathe fort.

SCENE VIII.

CHRISANTE *feul.*

MON intérêt ! ... Elle a raifon. Faut-
il que l'Amour m'aveugle au point
de ne m'en pas fouvenir. Oh ! mon cher
argent ! toi qui m'as couté tant de peines à
gagner, faut-il te facrifier à une inconnue ?...

Oui , une inconnue ; une fille fans bien ,
fans naiffance : elle le dit elle-même ; elle
ne cherche point à me tromper ; c'eft moi ,
c'eft moi. . . . C'eft le Diable qui me pouffe
dans le précipice.

A I R : *Le défefpoir.* Noté N°. 3.
Quelle folie extrême !
Faut-il que j'aime ?
Ah ! malheureux Chrifante !   (*bis.*)
L'abîme eft fous tes pas ,
Et tu ne le vois pas !
Chrifante , Chrifante ,
Hé quoi ! tu ne vois pas
Un abîme fous tes pas !
Mais fa beauté m'enchante ;
     Elle eft charmante. . . .
O vieilleffe imprudente !
O flâme extravagante !
Chrifante , Chrifante ,
L'abîme eft fous tes pas ,
Et tu ne le vois pas !   (*bis.*)
Je fens malgré moi-même
     Que j'aime. . . .
Ah ! fans rougir puis-je le dire ?
Hé quoi ! déjà fuis-je en délire ?
Ah ! tandis qu'il en eft tems ,
Rappellons , rappellons notre bon fens.
               Il fort.

Fin du premier Acte.

ACTE

ACTE II.

SCENE PREMIERE.

AGATHE, JULIEN.

AGATHE.

Air : *La neve è alla montagna.*

NFIN par l'espérance,
Je sens ranimer mon cœur,
Et l'instant du bonheur
        S'avance.
Il faut se hâter de le saisir.
Quel plaisir, ah ! quel plaisir !
Mon ame en va joüir.

JULIEN.

Suite de l'air.

Mais de cette manigance,
Baillez-nous la confidence.

AGATHE.

Si tu la sçavois,
Tu jaserois,
Babillerois.

C

JULIEN

Non, non.

AGATHE.

Je ne fçaurois.

JULIEN.

Ah ! pourquoi ?
Dites donc, dites le moi,
Fiez-vous à ma foi.   (bis.)
Ah ! not' chere Maitreffe ! car j'vous
regardons déjà comme telle.

AGATHE *en fouriant.*

Et mais … je travaille pour cela.

JULIEN.

Contez-nous ça , car t'nez , j'fommes
dans vos intéréts … comme vous-même.

AGATHE.

Que veux-tu que je te dife ? J'ai des
idées ; mais. …

JULIEN.

Hé ! bian, voyons ces idées. J'avons itou
les nôtres, & de tout ça, j'en pourrons faire
queuque bonne penfée.

AGATHE.

AIR : *Menuet de Granval.*
Ah ! qu'il eft drôle !

JULIEN.

Eh ! mais , tredame !
Chacun n'a t-il pas fon fçavoir ?
J'en ons comme un autre , Madame.
Effayez-en , vous allez voir.
AIR : *Hélas! maman, pardonnez, je vous prie.*
Allons au fait, dites-nous votre chance :
De bout en bout tout doit m'être conté.

AGATHE.

Oh ! nenni dà.

JULIEN.

J'vous promettons du silence ,
Et pis , j'pourons vous farvir de not' côté.

AGATHE.

Tantôt.

JULIEN.

Fort bien !

AGATHE *à part.*

Il faut de la prudence.

JULIEN.

Ah ! j'étouffons de curiofité.

AGATHE *à part.*

Il pourroit dans fon tranfport me découvrir , fans le vouloir.

JULIEN *avec dépit.*

Hé bian , n'y'là-t-il pas qu'vous parlez
toùte feule ! gn'a pûs d'plaifir , drès qu'on
n'peut jafer avec un autre. Faut-il pas
mieux être deux à fçavoir une chofe ? On
en devife & pis....

AGATHE.

Non, Julien , non ; il y a quelquefois
trop de danger.

AIR : *Tornafti, o primavera.*

En amour , en affaire ,
Le fuccès dépend du miftere :
Plus d'un agent , pour trop parler ,
A vû fon bonheur s'envoler.
L'amant qui dans les pleurs
Raconte les rigueurs
De fa bergere ,   C ij

Obtiendroit ſes faveurs ,
S'il ſçavoit ſe taire.

JULIEN.

Hé ! bian ; je s'rons muet. Oh dame !
c'eſt pour vot' bian que j'voulons être au
fait ; car j'vous aimons tant !

Il lui prend la main.

AGATHE.

Mon cher Julien , je connois ton bon
cœur , & je t'en récompenſerai.

JULIEN.

Je n'ſommes pas intereſſé , vot' ſecret
nous payera.

AGATHE.

Comment donc ? Il faut que tu ayes bien
envie de le ſçavoir ?

JULIEN.

Il viant de vous , ça ſuffit ; j'en perdons
la tête.

Il lui baiſe la main.

AGATHE *attendrie.*

Ah ! tu mérites bien de le partager.
Apprens donc....

AIR : *Je ne ſçais pas écrire.*

Mais j'entends , je crois , quelque bruit ,
Et je crains que de ſon réduit
Le bon-homme ne ſorte :
Il vient , ne te laiſſe point voir.

JULIEN.

Bon ! ſans lui j'allions tout ſçavoir :
Que le diable l'emporte !

Il ſe ſauve.

SCENE II.

AGATHE, CHRISANTE.

AGATHE *à part.*

IL me cherche, sans doute.
CHRISANTE *sans la voir.*
Il faut donc que je ne la voye plus....
AGATHE *à part.*
L'amour & l'avarice sont aux prises
dans son cœur.
CHRISANTE *à part.*
Ou je ne serois plus le maître de lui
résister.
AGATHE *à part.*
Qui des deux l'emportera ?
CHRISANTE *à part.*
O ! Agathe ! Agathe !
AGATHE *à part.*
Il soupire ! Il est rendu. Mais sa folie
n'est pas assez complette ; j'ai vaincu son
avarice, il faut vaincre sa délicatesse.
A I R : *Non, je ne ferai pas.*
Je ne l'ai pas battu
De mes plus fortes armes ;
Je veux sur ma vertu,
Lui donner des allarmes,
Rendre son cœur jaloux, & malgré ses soupçons,
S'il m'offre encor sa main, ma foi, nous le tenons.
C iij

CHRISANTE *l'apperçevant.*
(*à part.*)
Dieux ! c'eſt elle.

AGATHE *à part.*
Feignons de l'éviter.

CHRISANTE.
Vous me fuyez envain ; malgré vous le hazard nous raſſemble.

AGATHE.
Croyez-vous que le hazard ſeul en ſoit la cauſe ?

CHRISANTE.
Qu'entens-je ? Vous ſouhaitiez de me rencontrer ?

Agathe le regarde tendrement ſans lui répondre.

CHRISANTE.
AIR : *Par ma foi, l'eau me vient à la bouche.*
Vous m'aimez, mon bonheur eſt extrême,
Vos regards le diſent malgré vous.

AGATHE.
Plus que vous ne m'aimerez vous-même ;
J'en conviens.

CHRISANTE.
Que cet aveu m'eſt doux !
Pourquoi penſer ainſi, ma chere ?
Tes feux ſeront mieux récompenſés.
Tu ſçais pour toi ce que je veux faire.

AGATHE.
Mais vous, me connoiſſez-vous aſſez ?

CHRISANTE.
Hé ! qu'importe, tu me charmes, tu me ravis. Je t'adore ; cela eſt plus fort que moi.

AGATHE.

(*à part.*)
L'extravagant !

CHRISANTE.

Puis-je trop payer le bonheur de t'a-
voir, de posséder un cœur tendre, un
cœur tout neuf?

AGATHE.

Tout neuf !

CHRISANTE.

Oui, ne m'as-tu pas dit....

AGATHE.

Il est vrai ; mais....

CHRISANTE *inquiet.*

Quoi ? Mais.

AGATHE.

Tenez, Monsieur, je vois que vous
êtes un galant homme, un honnête
homme ; je ne veux pas vous tromper.

CHRISANTE *allarmé.*

Expliquez-vous.

AGATHE.

Que ne vous ai-je connu dans le temps
qu'un ingrat!... Il ne méritoit pas l'amour
que j'avois pour lui.

CHRISANTE.

Je tremble.

AGATHE.

Vous auriez eu les prémices d'un cœur
qui vous est tout dévoué.

CHRISANTE.

Achevez donc.   C iv

AGATHE.

(à part.) (*haut.*)

Son impatience me divertit. C'étoit
avant mon voyage.

> Air : *Ah ! le beau petit homme !*
> Un jeune Militaire,
> Du ton le plus fincere,
> S'en vint un jour , avec miftere ,
> Me déclarer que j'avois fçû lui plaire.
> Moi , je fis d'abord la févere ,
> Et contre fon ardeur
> Je m'armai de rigueur.
> Faudra-t-il que j'expire
> Dit-il , fous votre empire ?
> A ces mots , je foupire ,
> Il prend ma main , je la retire ;
> Mais j'avois beau lui dire ;
> Non , non ,
> Monfieur , laiffez-moi donc ,
> Non :
> Il fçut m'arracher fon pardon.
> Le lendemain encore
> Il s'en vint dès l'aurore ;
> Me dit ; je vous adore : (*ter.*)
> Si vous vouliez couronner ma flâme.....
> Moi confufe dans l'ame :
> Non , non , fi donc !
> Mais pour qui me prend-on ?
> Enfin dans cette vifite ,
> Pour la peur j'en fus quitte :
> Mais le lendemain il vint encor
> Faire un nouvel effort.
> J'étois toute tremblante ,
> Mourante.... (*bis.*)

Ah ! quelle race méchante !
L'ingrat, hélas !
L'ingrat ne revint pas.

CHRISANTE.

Il a, parbleu, bien fait de ne pas revenir.

AGATHE.

J'eus quelque temps la foiblesse de le regretter ; mais enfin, l'absence, la raison, & depuis, l'amour que vous m'avez inspiré, l'ont entièrement banni de mon cœur.

CHRISANTE *froidement.*

Je le crois.

AGATHE *avec ardeur.*

Ah ! mon cher Monsieur, vous pouvez en être sûr.

CHRISANTE *avec une froideur affectée.*

Oui, vous dis-je ; je vous crois. (*à part.*) Ah ! que je souffre !

AGATHE *d'un ton ferme.*

Et moi, je crois que vous ne m'aimez pas.

CHRISANTE.

Ah ! que trop, (*à part,*) dont j'enrage.

AGATHE.

Ma sincerité vous déplaît. (*avec tendresse.*) Elle est cependant l'effet de mon amour.

CHRISANTE *la regardant tendrement.*

De ton amour !

AGATHE.

Mais je fçais me rendre juftice. Non,
Monfieur, je ne fuis pas digne de vous,
le bonheur n'eft pas fait pour moi.

CHRISANTE *avec émotion.*

Que dis-tu ? .... Agathe.

AGATHE *à part.*

Si je pleurois un peu, pour rendre la
fcene plus touchante. (*haut.*) A...a... adieu,
Monfieur.

CHRISANTE *la pourfuivant.*

Mais écoute-moi donc.

AGATHE *faifant toujours femblant de l'évi-*
ter par modeftie.

AIR : *Prigionnera abandonnata.*

Tendre Agathe,
Quel efpoir te flatte ?
Dans ton ame,
Etouffe ta flâme.
Ah ! la douleur,
Plus que l'amour, doit regner dans ton cœur.
Ah ! fans vouloir t'engager encor
Va pleurer,
Va pleurer ton fort,
Va gémir, va foupirer,
Va pleurer ton fort.

CHRISANTE *l'arrêtant.*

Mais ton fort n'eft pas fi malheureux
que tu le crois ; car je t'aime, je meurs
d'amour.

AGATHE.

Eft-il bien vrai ?

CHRISANTE.

Faut-il se donner au diable pour te le
faire croire ?

AGATHE.

Non ; mais il faut se donner à moi.

CHRISANTE *avec incertitude.*

Oui ... c’est bien mon dessein.

AGATHE *vivement.*

Tout à l’heure.

CHRISANTE.

Hé ! bien , soit.

AGATHE.

Allons donc chez le Notaire.

CHRISANTE *déterminé.*

Volontiers .... un moment. Je ne de-
mande pas mieux que de t’épouser ; mais
je voudrois que la chose fût secrette , &
mon Notaire....

AGATHE.

J’entens ; vous craignez qu’il ne jase.

CHRISANTE.

Tout juste.

AGATHE.

Hé ! bien , il faut en prendre un autre.
Tenez , tenez ; j’ai votre affaire en main.

CHRISANTE.

Tout de bon !

AGATHE.

Et oui , le premier venu nous suffiroit ;
mais j’en sçais un avec qui nous serons
surs du secret.

CHRISANTE.

Va donc le chercher.

AGATHE.

Vous pouvez m'attendre ici , je ne ferai
qu'un inftant.

Elle fort.

SCENE III.

CHRISANTE *feul.*

'Air : *Voilà pourtant, voilà comment.*

ENFIN le fort en eft jetté,
Je renonce à ma liberté....
Mais que fais-je , imprudent ? je vais donc à mon
    âge,
Rifquer un fecond mariage....
Et fans fonger à combien de brocards,
Je m'expofe en homme peu fage ,
Je veux en courir les hafards....
Mais malgré les railleurs, ne fuis-je pas le Maître ?
En dépit d'eux, oui, je veux l'être...
D'un fils , par ce nouveau lien ,
Je punirai l'extravagance.
Mon Agathe aura tout mon bien....
Tout doit approuver ma vengeance.

SCENE IV.

JULIEN, CHRISANTE.

JULIEN.

A part au fond du Théâtre.

LE v'là feul, fi j'pouvions découvrir......

> *Chrifante fans voir Julien fe promene à grands pas, en continuant fes réflexions ; Julien le fuit pour tâcher d'entendre ce qu'il dit , & change de pofition chaque fois que Chrifante fait un mouvement différent , dans la crainte d'être apperçu du Vieillard.*

CHRISANTE *fans voir Julien.*

Oui, j'y fuis déterminé.

JULIEN.

Què dit-il ? Avançons.

CHRISANTE.

Je ne fuis pas encore affez vieux, pour ne pouvoir époufer.....

JULIEN.

Il n'entend que les derniers mots.

Epoufer ! Il parle de fon fils.

CHRISANTE.

Une jeune perfonne , dont je fais la fortune.

JULIEN.

La fortune ! v'là ce qui le tiant. All' n'a pas de bian.

CHRISANTE. *Par un mouvement*
il s'éloigne de Julien.

Et mon coquin de fils fera bien attrapé....

JULIEN.

J'n'entendons pûs.

CHRISANTE *rapproché de Julien.*

Lorfque je lui ferai voir que je puis encore laiffer des héritiers.

JULIEN.

Des hériquiers ! Oh ! Palfambille ! Ils vous en bailleront tant & pûs.

CHRISANTE *toujours en mouvement.*
AIR : *J'y pris bien du plaifir.*
J'attens un certain Notaire
Qu'Agathe doit m'amener.

JULIEN

Agathe ! Fort'bian.

CHRISANTE.

L'affaire
Doit ici fe terminer.
Cette gentille perfonne
Sera felon mon defir.

JULIEN *avec tranfport élevant la voix.*
J'fomme au fait , il leux pardonne,
Ah ! que j'en avons d'plaifir !

CHRISANTE *l'appercevant.*

Que fais-tu là, coquin ?

JULIEN *interdit.*

Pardi! Je n'faisons rian.

CHRISANTE.

Comment tu ne fais rien ?

JULIEN *se rassurant.*

J'passions pour aller au Jardin.

CHRISANTE *vivement.*

Hé! bien, passe vîte. (*à part.*) Je crains qu'il ne m'ait entendu.

JULIEN *affectueusement.*

Mais, Monsieur, feriez-vous malade ? Comme vous v'là changé !

CHRISANTE *en colere.*

Non, laisse-moi.

JULIEN.

Queu courroux !

CHRISANTE.

Laisse-moi, te dis-je. (*à part.*) Quel embarras! Agathe & le Notaire vont venir.

JULIEN.

Vous avez queuque chagrin.

CHRISANTE

Hé! Non. (*à part.*) Peste de l'importun.

JULIEN.

Vous nous faites peine.

CHRISANTE *impatienté.*

Va-t-en.

JULIEN.

J'sommes de trop. (*à part.*) Comme il me donne au Diable!

CHRISANTE.
Hé bien!

JULIEN.
Je n'sçaurions vous quitter.

CHRISANTE *excédé, le prenant par le bras.*
Et moi, je veux que tu sortes.

JULIEN *se frottant le bras.*
Et la, la; tout bellement.

CHRISANTE.
Mais voyez ce maroufle! (*à part.*) Je suis sur les épines.

JULIEN.
Hé bian! On va vous laisser. (*à part.*) J'n'irons pas bien loin.

CHRISANTE.
Encore! (*à part.*) J'enrage.

JULIEN *piqué.*
Oh! Quelle himeur!

CHRISANTE *le poussant rudement.*
Sortiras-tu?

JULIEN *sortant.*
(*à part.*)
Ah! le vieux fou!

CHRISANTE.
Le pendart! Je mourois de peur que quelqu'un n'arrivât.

SCENE

SCENE V. & *derniere.*

CHRISANTE, AGATHE, VALERE *en Notaire,* JULIEN *caché.*

CHRISANTE.

HE ! venez donc. Je vous attends avec impatience.

A G A T H E *montrant Valere qui se tient un peu d l'écart.*

Voici le Notaire , le Contrat est tout dressé , il n'y manque plus que votre nom.

CHRISANTE.

Oui, ma chere enfant ; mais personne ne vient-il ?

AGATHE.

Ne craignez rien , nous sommes seuls.

CHRISANTE *de loin d Valere.*

Ecrivez, Monsieur.... Hyacinte Chrisante.

V A L E R E *après avoir écrit.*

Il suffit.

J U L I E N *d l'écart.*

Avançons.

AGATHE *prenant le Contrat des mains de Valere & le présentant d Chrisante.*

Air: *Ne vld-t-il pas que j'aime ?*

Il faut signer en ce moment.

D

CHRISANTE.

De bon cœur, ma charmante,
Je céde à ton empreffement.

Il prend le Contrat.

AGATHE.

Que mon ame eft contente!

JULIEN *à part.*

A quoi tout ça va-t'il aboutir?

CHRISANTE.

Air: *Mon petit doigt me l'a dit.*
Mais voyons un peu le ftile.

AGATHE *l'empêche de lire.*

Monfieur eft affez habile.....

CHRISANTE.

Je le crois bon ouvrier;
Mais enfin, dans cet ouvrage,
Je cherche ton avantage,
Il ne faut rien oublier.

VALERE *à part.*

Je tremble.

AGATHE.

Il eft en bonne forme, vous dis-je?

CHRISANTE *prend la plume & figne.*

Hé bien! Signons donc.

JULIEN *à part.*

J'n'y comprenons rian.

CHRISANTE.

Il donne la plume à Agathe.

A toi, ma petite femme.

JULIEN *à part.*

Sa petite femme ! Il extravague.

AGATHE.

Ah ! volontiers.

Elle signe.

CHRISANTE.

Ah ! petite pouponne.

JULIEN *à part.*

All' signe itou ! Avons-je la berlue ?

AGATHE *donne le contrat à signer à Valere.*

C'est à vous présentement, Monsieur....
(*bas.*)
Allons, ferme.

CHRISANTE *s'approche de Valere, & veut
regarder par-dessus son épaule.*

Comment vous nommez-vous ?

VALERE *tremblant, & sans se retourner.*

Moi.... Monsieur !

CHRISANTE.

Oui.

VALERE *se découvrant.*

Valere.

CHRISANTE.

Que vois-je ? C'est mon fils !

AGATHE.

Et je suis son épouse, dont vous venez
de signer le contrat.

VALERE *vivement.*

AIR : *Oui vous en faisiez la folie.*

Oui : c'est cette épouse chérie ;
Voilà l'objet
Qui contre moi vous irritoit.

JULIEN *avancé, & d'un air malin.*
Quoi ? vous en faisiez la folie !
VALERE.
A ses appas
Qui pourroit ne se rendre pas ?
CHRISANTE.
O Ciel ! je suis trahi ! Perfide Agathe !
AGATHE.
Pouvez-vous me haïr ?
VALERE.
A I R : *Quand le péril est agréable.*
Pardonnez-nous ce stratagême,
L'Amour doit nous faire excuser.
JULIEN.
Il a bien fait de l'épouser,
Vous la vouliez vous-même.
CHRISANTE.
Je suis désespéré, confondu ; que je ne
vous voie jamais.
JULIEN.
Parguienne ! c'est bian vilain à vous de
renoncer ces pauvres enfans.
A I R : *Dieu des amans, lance-moi tes traits.*
Cœur de rocher !
AGATHE.
Laissez-vous toucher.
VALERE.
La pitié doit entrer dans votre ame.
CHRISANTE *à Agathe.*
Non, laisse-moi.
à Valere.
Perfide, ôte-toi.
Oui, tous deux
Fuyez loin de mes yeux.

AGATHE *tristement.*

Qui l'auroit cru ?

JULIEN.

Tredame !
Pourquoi ce courroux ?
Ç'a ly va mieux qu'à vous
De prendre jeune femme.
A ce joli tendron
Faut-il donc
Un Barbon ?

CHRISANTE *en colere.*

Te tairas-tu ?

JULIEN.

Non, morgué.
Car pour eux j'avons trop d'amiquié ;
Et de ce pas, pour jafer,
Je partons, j'allons tout dégoifer.

CHRISANTE *l'arrêtant.*

Arrête donc. (*à part.*) J'enrage.

JULIEN.

Vous criez en vain,
J'avons l'efprit malin :
Partout note village,
J'vais à vos dépens
Faire rire les gens.

CHRISANTE.

Il a raifon ; je le mérite bien.

AGATHE *profitant de cette reflexion.*

Ah ! Monfieur, par ces fentimens fi ten-
dres que j'avois fçu vous infpirer....

VALERE.

Par tout l'amour que vous aviez juré à ma chere Agathe. ...

CHRISANTE *douloureusement.*

Sa chere Agathe !

AGATHE.

elle tombe à ses genoux.

Rendez-lui ses droits. Rendez-lui votre cœur.

VALERE *à genoux.*

Mon pere !

JULIEN *se laissant tomber comiquement sur les genoux.*

Grace ! Grace !

CHRISANTE *attendri.*

Mon fils ! ... Ma chere fille ! levez-vous ... tout vous est pardonné.

AGATHE.

Quel bonheur !

VALERE.

Je meurs de joie.

JULIEN *pleurant de plaisir.*

Ah ! ah ! ah !

CHRISANTE *plus tranquillement, avec expression.*

Oui, mes chers enfans, j'approuve votre union. Aimez - vous, j'y consens. Aimez-moi ; c'est tout ce que j'exige.

QUATUOR.

AIR : *De M. de la Ruette.*

CHRISANTE, JULIEN.

Au doux plaisir livrez votre
ame,

JUL.
CHR. { Rien ne s'oppose à votre flâme :
J'approuve votre
flâme.

Formez les nœuds
Les plus heureux.
Fin.

CHRISANTE.
Je vous pardonne.

JULIEN.
Ah ! quel effort !

CHRISANTE *à Valere.*
Je te la donne.

JULIEN.
Ah ! quel effort !
Votre folie,
Les justifie.

CHRISANTE.
Oui, sa beauté m'avoit surpris.

JULIEN.
Mais à votre âge,
C'est trop d'ouvrage :
En homme sage,
Cédez la place à votre fils.

AGATHE, VALERE.

Ah ! quel plaisir saisit mon
ame !

AG.
VAL. { Rien ne s'oppose à notre flâme :
Mon Pere approuve
notre flâme.

Formons les nœuds
Les plus heureux.
Fin.

Quel heureux sort !

Quel heureux sort !

On reprend le Rondeau jusqu'au mot Fin.

FIN.

N° 1.

Cours à ta Belle, Va, fils ingrat,
Va, scélé-rat, De tes amours, Va, suis le
cours : Mais de mon bien, N'attends plus rien, N'attends plus rien. Mais de mon bien N'attends plus rien, N'attends plus rien. Mais le mal
n'est pas grand, Près d'un objet charmant, Un cœur fidele Est trop con-tent, Un cœur fi-de-le

Est trop con- tent. Comment, comment, dans
ta cer-velle As-tu pen- fé, Fils in-fen-
fé ? A quoi, Dis- moi, A quoi, Dis-moi, Dans
ta cer-velle As-tu pen- fé, Fils infen-fé ?
A quoi, Dis-moi, A quoi, Dis-moi, As-tu pen-
fé, Fils infen-fé? Prendre fans bien Fil- le de
rien, Prendre fans bien, Prendre fans bien fans

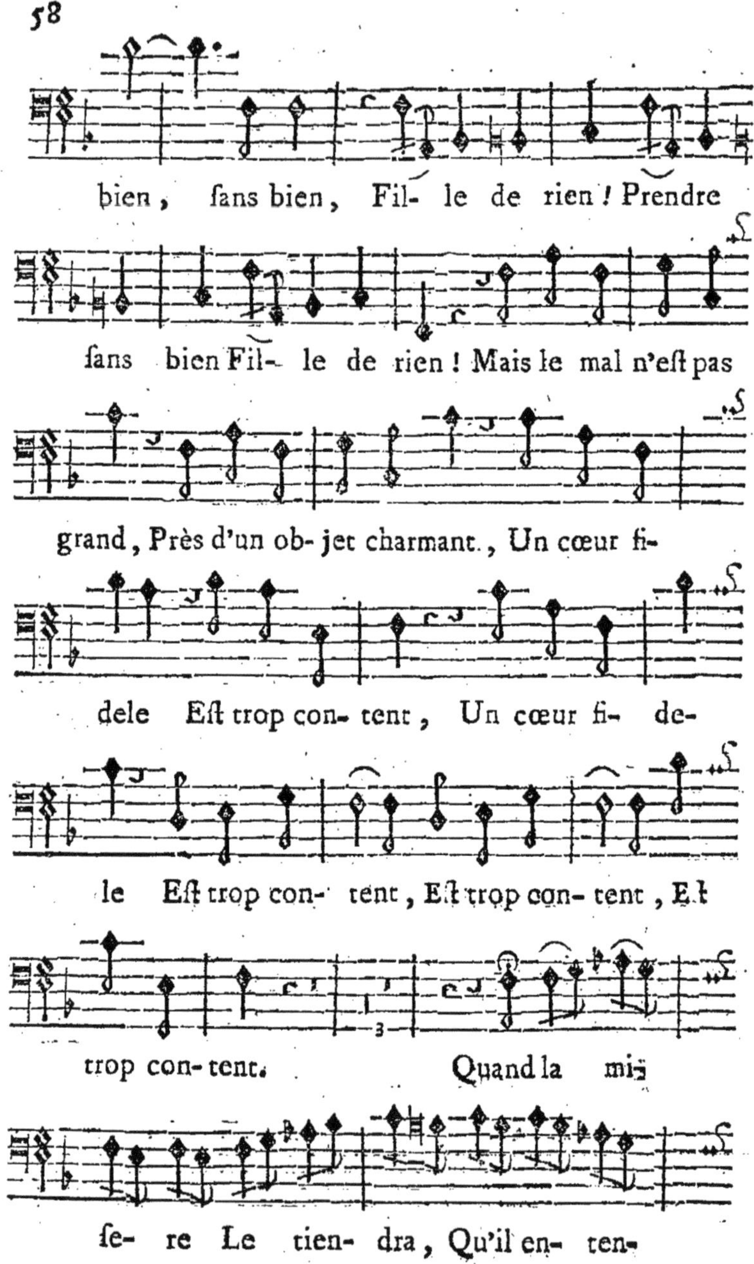
bien , fans bien , Fil- le de rien ! Prendre
fans bien Fil- le de rien ! Mais le mal n'eft pas
grand, Près d'un ob- jet charmant., Un cœur fidele Eft trop con- tent, Un cœur fi- dele Eft trop con- tent, Eft trop con- tent, Et
trop con-tent. Quand la mi-
fe- re Le tien- dra, Qu'il en- ten-

dra Pleurer l'en-fant a-vec la me-re, A
mes ge-noux, mon fils ram-pant, En-fup-pli-
ant, En foupi-rant,Vien-dra di-fant, E-
coutez moi. Par-donnez moi. Moi! non:
Moi! non, non: arran-ge toi,
arran-ge toi, arran-ge toi.

N°. 2.

SExe dange-reux, Trompeur & vo-lage,

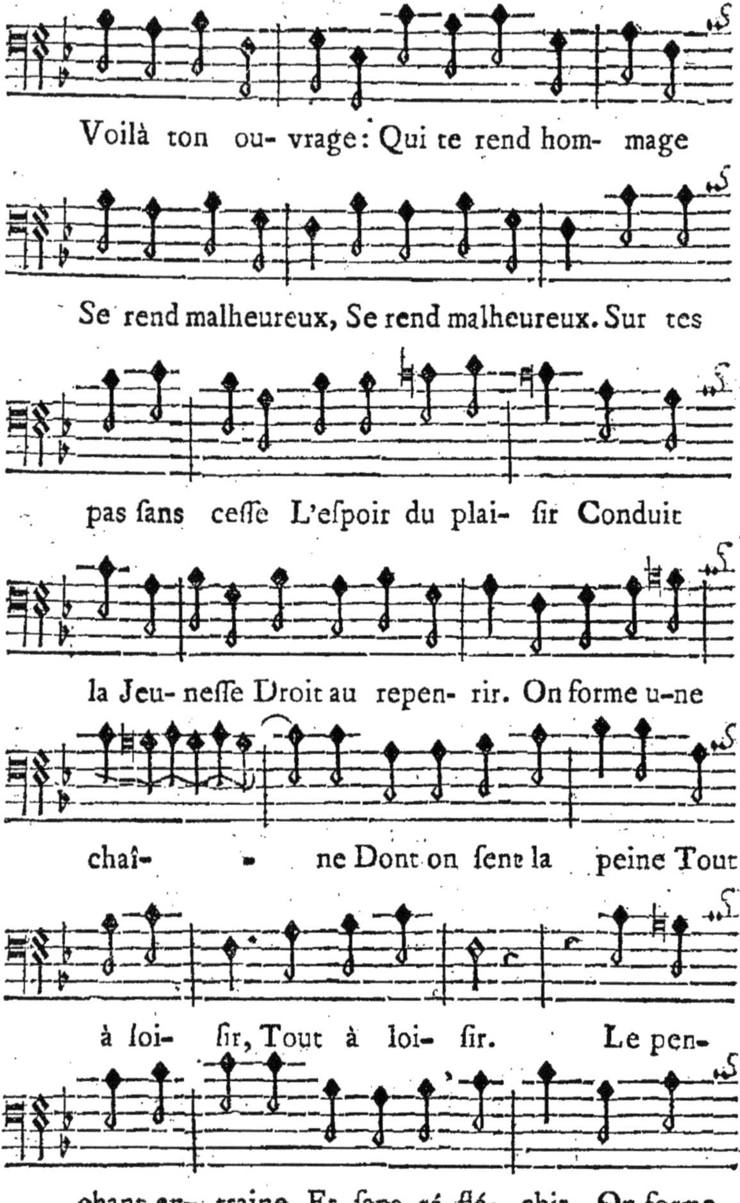

Voilà ton ou- vrage: Qui te rend hom- mage
Se rend malheureux, Se rend malheureux. Sur tes
pas fans ceffe L'efpoir du plai- fir Conduit
la Jeu- neffe Droit au repen- rir. On forme u-ne
chaî- ne Dont on fent la peine Tout
à loi- fir, Tout à loi- fir. Le penchant en- traine, Et fans ré- flé- chir , On forme

u-ne chaî- ne Dont on sent la peine,
Dont on sent la peine, Tout à loi- sir, Tout
à loi- sir. Malgré mes a- larmes, Hé- las !
à tes charmes Mon fils s'est ren- du, Mon fils
s'est ren- du : Malgré mes a- larmes Mon fils
s'est per-du; Il est per- du, Il est per-du :
Malgré mes a- larmes, Hélas ! à tes charmes,

Malgré mes a- larmes, Hélas! à tes charmes
Mon fils s'eſt ren- du, Mon fils s'eſt ren-du: Malgré
mes a- larmes, Mon fils s'eſt per- du: Il eſt per-
du, Il eſt per- du.
N° 3.
QUelle fo-lie ex- tréme! Faut-il que
j'aime? Ah! malheureux Chri-ſan- te, Ah!
mal-heureux Chri-ſan- te, L'abîme eſt ſous tes

pas, Et tu ne le vois pas! Chrisan-te,
Chrisante, Hé! quoi! tu ne vois pas
Un a-bî me sous tes pas! Mais
sa beauté m'en chante, Elle est char-mante. O
vieillesse im-pru-dente! O flamme ex-tra va-
gante! Chrisante, Chrisante, L'abîme
est sous tes pas, Et tu ne le vois pas! Et tu

FIN.

APPROBATION.

J'AI lû par ordre de Monfeigneur le Chancelier, *La Fauffe Aventuriere Opera-comique*, & je crois que l'on peut en permettre la repréfentàtion & l'impreffion. A Paris , ce 16 Mars 1757. CREBILLON.

Le Privilége & l'enrégiftrement fe trouvent à la fin du tome 3e. du Nouveau Recueil des Piéces repréfentées fur le Théâtre de l'Opera-Comique depuis fon rétabliffement.

www.ingramcontent.com/pod-product-compliance
Ingram Content Group UK Ltd.
Pitfield, Milton Keynes, MK11 3LW, UK
UKHW021651130726
13696UKWH00004B/1548